AF299576

SATIRE PREMIÈRE.

LA PRESSE.

AUX MINISTRES.

Par M. COSSÉ.

PARIS

PAULIN, LIBRAIRE-ÉDITEUR,

PLACE DE LA BOURSE.

1833

La Presse.

Ministres, qui voulez de la fièvre d'écrire
Délivrer à tout prix nos cerveaux en délire,
Et qui, pour opérer rapide guérison,
Nous versez à plein bord l'amende et la prison,
Que vous promit Satan, lorsqu'à votre génie
Des procès à la Presse il souffla la manie?
  La Presse, dites-vous, reptile monstrueux,
Dans les vastes anneaux de son corps tortueux
Du peuple chariant les masses enlacées,
A son gré les déchaîne ou les retient pressées.

Des limites où doit expirer son effort,

Répandant le venin trop souvent elle sort.

Pour briser de ses bonds la fougue meurtrière,

Des lois si le Pouvoir oppose la barrière,

Elle se dresse immense, et menace à la fois

Dans ses longs sifflemens le Pouvoir et les lois.

D'un ennemi pareil c'est trop souffrir l'audace;

Sa force est dans la peur de celui qu'il menace :

S'il est, quand on l'évite, ardent à provoquer,

Plus d'une fois il cède à qui l'ose attaquer.

Et du Chenil-Gisquet jusqu'aux chaises curules,

Contre l'hydre en tous lieux recrutant des Hercules,

Pour prime de leurs coups, généreux embaucheurs,

A tous vous prodiguez notre or et vos honneurs.

Aussi, des champions qu'arme votre querelle

Nul temps ne vit briller les talens ni le zèle;

Après lui Kerbertin laisse son Mayrinhac :

Jaubert, pour les poumons, vaut deux Castelbajac;

D'un nain, près de Viennet, Dudon aurait la taille,

Piet serait un Mahul, et Bonnet un Pataille.

Dans l'art de guerroyer contre l'esprit humain,

Gisquet a fait pâlir le soleil de Mangin.

Grâce au nouvel Argus du fiscal monopole,

Le Timbre au colporteur demande son obole [1].

Le Timbre! ogre à deux chefs, du fisc bimane agent

Qui confisque à coup sûr ou l'esprit ou l'argent :

Voleur officiel, qui guette notre course

Pour venir demander la pensée ou la bourse!

Dans la nuit d'un procès, Persil, mieux que Bellart,

Sait d'une question poser le traquenard :

Mandat organisé, vivant réquisitoire,

Il a de Marchangy détrôné la mémoire;

Et jamais des cachots l'avide profondeur

Ne vit depuis Tristan plus actif pourvoyeur.

Ainsi vous espérez, sous la force et la ruse,

Étouffer du pays la voix qui vous accuse :

Vous pensez, quand le jour ne se lève jamais,

Sans vous trouver salis par de nouveaux méfaits,

Avoir dans Pélagie et l'hôtel Castiglione,

Pour nous pétrifier, deux têtes de Gorgone.

Erreur ! connaissez mieux quelle intrépidité

Au cœur de ses enfans nourrit la Liberté.

Pour savoir la hauteur des plumes patriotes,

N'allez pas mesurer ces écrivains ilotes,

Efflanqués épagneuls qu'ameute votre voix,

Contre qui vous déplaît jappant à tant par mois.

Timides par instinct, ces roquets de la presse,

Qu'avec des chaînes d'or vous conduisez en lesse,

Doivent, quand vous grondez, lécher votre courroux,

Et, de peur du bâton, se rouler devant vous.

Mais nous, qui des faux dieux méprisant la vengeance,

A la Liberté sainte avons promis la France,

Précurseurs de son règne, apôtres de sa loi,

Le front haut, nous prêchons le Dieu de notre foi :

De faiblesse et de peur nos ames toujours vierges,

Des sombres Proconsuls ne craignent pas les verges,

Et lorsque dans nos rangs tombe quelque martyr,

Il meurt calme, les yeux fixés sur l'avenir.

    Ministres, croyez-moi ; s'il est vrai que la Presse

De ses cris importuns et vous gêne et vous blesse,

Voulez-vous de son fiel tarir les flots amers ?

Laissez là vos procès , vos cachots et vos fers :

Apprenez à ces Rois, dont la vaine arrogance

Tous les jours , grâce à vous, insulte notre France ,

Qu'exubérant de sève et couvert de bourgeons

Le laurier d'Austerlitz menace rejetons.

Pour faire à ses bourreaux d'effrayantes escortes,

Au Pontife romain refusez nos cohortes :

Rome est accoutumée à voir notre drapeau

Flotter au Vatican, et non sur l'échafaud.

Du pauvre qui pâtit écoutez la misère :

Modérez du budget le dévorant ulcère :

Aux bras industriels ouvrez tous les chantiers,

Et permettez enfin la chasse aux *loups-cerviers.*

Que de l'instruction la lumière féconde

Libre comme un soleil, luise pour tout le monde.

Comprenez mieux le peuple, et de la liberté

Étendez sans frayeur le champ trop limité.

Alors plus de sarcasme, alors nos voix amies

Moduleront pour vous de douces harmonies,

Et feront aux clameurs qui déchirent les airs

Des hommages publics succéder les concerts.

   Mais quel est mon espoir? Un avis salutaire

Fit-il jamais vibrer un tympan doctrinaire?

Pour le bien du pays invoquer vos secours,

C'est aux rocs de Montmartre adresser un discours.

Au signe du mépris votre étoile engagée,

En dépit de la France, aura son périgée.

Assez, assez pourtant, vos coupables erreurs

Sur nous ont fait tomber de honte et de malheurs !

Depuis le jour néfaste, où l'arbre de la France

A de votre pléiade essuyé l'influence,

Une sève morbide abreuve ses vaisseaux,

Le chancre et la nielle infectent ses rameaux,

Et quand sur une branche au poison réfractaire

Une fleur par hasard féconde son ovaire,

Le fruit qu'elle a promis à peine est ébauché,

Que votre souffle impur dans sa fleur l'a séché.

Mensonge ! — Écoutez-moi : Quand la France indignée

Bannit de ses Tarquins l'odieuse lignée ;

Quand l'Europe en émoi par le glas du tocsin

Apprit l'avénement du peuple souverain,

Sur leurs ais vermoulus les trônes s'ébranlèrent;

De l'Ebre à la Néva, les despotes tremblèrent

Que du canon français le hurlement fatal

D'un immense réveil ne tonnât le signal,

Et, d'échos en échos, n'amenât sur leurs têtes

Le nuage sanglant des publiques tempêtes.

La main sur une hache, et l'œil à l'horizon,

Les peuples attendaient : dans l'ardente saison,

Tel qu'en l'air embrasé s'allume un météore,

Tel leur eût apparu le drapeau tricolore;

Dans un vaste incendie à ce disque allumé

L'ogre du despotisme eût péri consumé :

Vous eussiez vu, debout sur la place publique,

Les nouveaux échappés du bagne politique

Demander aux tyrans raison des maux soufferts,

Et sur leurs fronts maudits faire éclater leurs fers.

Mais bientôt aux rayons d'une nouvelle vie,

Parmi les chants d'amour de l'Europe affranchie,

Dans les plaisirs naissans de tant d'heureux humains
Contemplant à loisir l'ouvrage de ses mains,
La France aurait goûté dans une paix profonde
Le repos que prit Dieu sur le berceau du monde.
Vous, où sont vos exploits? Montrez-nous vos lauriers.
Répondez et pour vous et pour vos devanciers,
Car le même démon, dont le funeste empire
Comprima nos élans, aujourd'hui vous inspire.
Aux peuples, quels secours? à nous, quel nom puissant?
Ministres publicains, héros de cinq pour cent,
Dans les plateaux menteurs d'une fausse balance
Vous avez mis de l'or et l'honneur de la France;
La Peur, quand vous pesiez, a touché le fléau,
Et l'or a de l'honneur emporté le plateau.
Pour leurs sceptres les rois prêts à demander grâce,
Hardis de vos frayeurs, osèrent la menace.
Le Rhin en sourcillant vit rôder les Prussiens,
Sur les Marches plana l'aigle des Autrichiens,
Et déjà Nicolas, en lui montrant la France,
Au Cosaque ordonnait de relever sa lance.

Un peuple, vieil ami, sous l'égide du fer,

A côté de ses droits mit la France à couvert,

Et parant le chapska de la triple cocarde,

Au pied du Belvéder forma notre avant-garde ².

Et la Pologne est morte! Avaient-ils mérité

De perdre sans secours patrie et liberté,

Ces hommes qui, forçant l'impériale élite,

Prenaient à coups de faux le canon moscovite,

Du lion de Warna brisaient la vieille dent ³,

Et troublaient Diebitch, le vainqueur du Balkan ?

Fallait-il par l'attrait d'une fausse espérance,

Pour aigrir la victoire, irriter la défense,

Tandis qu'à Pétersbourg, dans un secret accord,

Avec leur assassin vous stipuliez leur mort ?

O de fourbe et de peur exécrable système !

Le peuple l'a flétri; sur vous seuls anathème !

Oui, je voudrais qu'un Dieu fît passer dans mes vers

Le rythme de la foudre et le feu des éclairs,

Pour graver de ce crime aux tables de l'histoire,

En sillons calcinés, l'implacable mémoire,

Et faire dans le ciel du dernier avenir

Au zénith de vos noms rouler ce souvenir !

Dès lors plus de mesure ; au bourbier de la honte

D'erreurs en lâchetés votre chute fut prompte.

En vain, le regard humble, et mendiant la paix,

Vous vous êtes assis aux portes des palais ;

Dans l'espèce des rois, tout, jusques à Modène,

Donna son coup de pied à la grande Semaine,

Et vous, blasés au cœur, sous leur frêle dédain

Vous vous êtes courbés, le tonnerre à la main.

Je vous entends déjà sur les maux de la guerre

Soupirer, l'œil au ciel, un sermon doctrinaire,

Et parmi vos vertus placer au premier rang

Le désir d'épargner notre or et notre sang.

Vous, épargner notre or ! Mais jamais ministère

Nous vendit-il plus cher son règne impopulaire ?

Villèle payait bien la prostitution,

Les Trois-Cents avaient soif : et pourtant le syphon,

Qui du peuple à longs traits aspirant la richesse,

Aux coffres-forts royaux la transvase sans cesse,

A nourrir du Pouvoir la prodigalité,

L'impôt ne mit jamais pareille activité.

On dirait aujourd'hui qu'Humann de nos subsides

Est chargé de remplir l'urne des Danaïdes.

Et quel usage, ô ciel! du fruit de nos labeurs !

O peuple qu'on épuise, où coulent tes sueurs !

Du trône et de l'autel les farouches sicaires ,

Les soldats de Stofflet, qui du sang de leurs frères

Nourrirent leurs bûchers, et souillèrent leurs bras ,

Touchent encor le prix de leurs assassinats.

Ces nobles , qui vingt ans au cœur de la patrie

Du fer de l'étranger guidèrent la furie;

Eux, qu'après Waterloo sur ses membres sanglans

La France vit passer de sa chute insolens,

A son sein, qu'en public leur vieil ongle déchire,

Appliquent dédaigneux leur lèvre de vampire;

Et vous , loin d'écarter leur immonde suçoir,

Vous pressurez pour eux le fécond réservoir.

Des nocturnes larrons la veillante famille

Dans les murs de Paris dangereuse fourmille,

S'il quitte sa maison après la fin du jour,

Nul citoyen n'est sûr qu'à l'heure du retour

Il ne trouvera pas, au lieu de sa cassette

D'un brave serviteur le cadavre sans tête. [4]

Du budget cependant, pour nourrir ses limiers,

On jette au Grand-Veneur d'assez amples quartiers.

Mais qu'arrêtant sur nous les yeux de son envie,

Un voleur nous arrache et les biens et la vie,

Que vous importe? Ailleurs sont fixés vos regards :

De la Sainte-Alliance officieux mouchards,

Vous flairez haletans les bannis patriotes,

Pour conserver aux rois la piste de nos hôtes.

Nos courageux Tribuns, qui, les lois à la main,

De nos droits contre vous défendent le terrain,

De vos dogues chez eux ont reconnu la trace :

Démosthène, au foyer avant de prendre place,

Promène autour de lui ses yeux ; hier encor

Philippe à son esclave a proposé de l'or [5]?

Dirai-je vos festins? ces nocturnes orgies,

Cyniques rendez-vous, vrais banquets de harpies,

Où de vils courtisans, accoudés sans pudeur,

Mangent la chair du peuple et boivent sa sueur ?

Dans vos cristaux en feu chaque flamme qui brille

Consume le travail d'une pauvre famille :

Chaque libation, chaque mets du festin

Coûte à mille ouvriers une livre de pain.

Faut-il vous demander, modernes Aristides,

Quel Pactole a jeté ces fortunes rapides ;

Comment tel qui s'assit à côté du Pouvoir,

Modeste plébéien, dans un riche boudoir

Étalant aujourd'hui son luxe de Satrape,

Ose... Mais de dégoût ici la verge échappe,

Je m'arrête : un seul mot : le denier de Judas

Se rouille d'infamie et ne prospère pas.

Vous, épargner le sang ! Mais de frais homicides

Du cloître Saint-Méry les dalles sont humides.

Naguère sur le pont baptisé par Juillet

A de nobles accens l'écho se réveillait :

La nuit, de chocs nombreux les eaux étaient frappées,

Vos sbires en riant essuyaient leurs épées,

Et bientôt sur ses lits aux familles ouverts ;

La Morgue offrit aux yeux des cadavres tout verts.

Vous , épargner le sang ! Mais de l'état de siège

Vous avez usurpé le brutal privilège ;

Vous avez, de nos lois brisant tous les liens ,

A la barre du camp traîné nos citoyens ;

Des soldats, statuant de par les baïonnettes ,

De Paulin, de Carrel, ont menacé les têtes :

Et depuis que la Cour aux suprêmes arrêts

De vos Prétoriens a flétri les décrets,

On vous voit d'arbitraire et de vengeance avides

Tenter la sanction de droits liberticides,

Et briguer une loi, dont l'atroce rigueur

De votre Sénat même alarme la pudeur.

Et l'affreux pistolet, dont la balle sillonne

Tout un état-major sans atteindre personne ?

Au jour de l'attentat quelle main le portait ?

Nul témoin ne l'a dit, mais la France le sait.

Et si de cette énigme habiles interprètes,

Des jurés n'avaient pas repoussé vos requêtes,

Nous aurions vu passer Benoît et Bergeron

Des serres de Persil au couteau de Samson.

Jusqu'à ce que rompu le licol se dénoue,

Vous voudriez du sang nous traîner dans la boue?

Des rois qui vous font peur, et des peuples trahis,

Sur nos fronts contre terre amasser les mépris,

Pour solder la bassesse et nourrir le scandale,

Saturer de notre or vos gosiers de Tantale?

Nous verrions un Viennet, Coucou Pêtre éhonté,

Brandissant la *clef d'or* à la vénalité,

Dans le temple des lois monté sur une estrade,

Contre la Liberté prêcher une croisade?

Nous verrions vos journaux, soudoyés imposteurs,

D'injure et de mensonge effrontés colporteurs,

Épandre à pleines mains les pavots du sophisme,

Pour vous produire un jour de public narcotisme,

Heure de guet à-pens, où de coupables bras

Sur les lois d'un pays lèvent le coutelas?

Et nous, fiers plébéiens, qui pensons qu'en Europe

A notre place on doit nous voir sans microscope,

Nous, qui ne concevons promesse, ni traité

Qui doive nous ravir honneur et liberté,

Stupides spectateurs, de cet ignoble drame

Nous laisserions en paix se dérouler la trame,

Les traîtres sous nos yeux machiner leurs complots,

Entourer la victime, et la main du héros

Promener sur ses flancs une dague ennemie,

Sans trépigner des pieds et crier : Infamie !

Non ; des vils histrions qui chargent vos tréteaux,

Ce serait par la peur descendre les égaux,

Et dans ce canevas de sang et d'artifices

Accepter lâchement le rôle de complices.

Quand du char de l'État perfide phaéton,

Le Pouvoir vers un gouffre a tourné le timon,

Pour qui peut s'élancer au-devant de l'abîme,

La lutte est un devoir et le repos un crime.

Parmi nous, dans l'effort dût couler notre sang,

Chacun veut de repos demeurer innocent.

Fils de Quatre-vingt-neuf, héritiers de l'Empire,

D'un demi-siècle en nous la grande ame respire.

De lauriers et de lois aux portes du tombeau

Nos pères en mourant laissèrent un faisceau :

Qui voudrait du grand peuple envahir l'héritage ?

C'est la loi de Solon, honneur, Aréopage !

C'est l'armure d'Achille, arrière, myrmidons,

Vous n'y graverez pas la honte de vos noms !

Dans un pacte connu, pour des lois, pour la gloire

Nous avons de Juillet échangé la victoire ;

Trompés, aux infracteurs nous dirons hautement

Que le peuple s'éveille et cherche leur serment :

Qu'avant de se courber et de subir un trône,

Il avait aux trois jours refondu la couronne,

Et non substitué sous l'antique fleuron

A Narcisse Pallas, à Tibère Néron.

Pour moi, fils d'un soldat dont la rude éloquence

D'héroïques récits enivra mon enfance,

Des fourbes de tous noms, des lâches de tous rangs,

Ennemi déclaré dès mes plus jeunes ans ;

Moi, dont le corps fiévreux au joug de Babylone,

Dans un accès de bile à toute heure frissonne,

Au milieu du Forum, sur l'infamant tréteau,

Je viens, les bras troussés, relever le poteau.

Malheur à l'apostat, qui, reniant sa vie,

Pour de honteux honneurs forfait à la patrie!

Malheur, caméléons, Scapins estropiés,

Qui de tous les pouvoirs êtes les marchepieds!

Malheur à l'intrigant, qui de la foi promise

Fait au Palais-Bourbon métier et marchandise!

Malheur, deux fois malheur, vous, qui versez le sang!

Je vous marquerai tous de mon vers rouge-blanc.

Que je vous trouve au front le casque ou la tiare,

Que vous portiez le frac, l'étole ou la cimarre,

Nul ne m'échappera : rapide et sans détour,

On me verra sur vous fondre comme un vautour,

Et de la foule avide attroupant les nuées,

Vous clouer au carcan au milieu des huées.

En vain, pour s'arracher à l'étau de mon bras,

Vos membres tenteront de vigoureux débats,

Inutiles efforts! Mon ardente hyperbole

Brûlera jusqu'aux os la chair de votre épaule.

Si jamais aux regards de son pays trompé,

D'un Pouvoir corrupteur foulant le *canapé*,

Une Chambre, en retour d'opulentes largesses,

Ouvrait à son amant d'impudiques caresses,

Si dans ce vil trafic de scandaleux plaisirs,

Le suborneur sentait fatiguer ses désirs ;

Flétrissant du harem l'enceinte polluée,

J'écrirais sur ses murs : CHAMBRE PROSTITUÉE !

Et si de ce cloaque irritables suppôts,

Des juges à mes vers opposaient des cachots,

Le jour, où j'atteindrais la fin de mes galères,

Je viendrais de moitié grandir mes caractères :

Car la mesure est pleine ; et j'ai reçu du ciel

Une tête de fer avec un cœur de fiel.

NOTES.

M. Gisquet a exhumé je ne sais plus quel décret, qui, d'après les interprétations un peu torturées de M. le préfet de police, soumettrait au droit de timbre les feuilles volantes que les crieurs publics vendent dans les rues. Un tribunal a déclaré ces prétentions mal fondées, et illégales les mesures qu'elles avaient fait prendre. M. le préfet de police n'en a pas moins persisté. La Restauration n'a pas laissé d'exemple d'une pareille obstination à persécuter la presse.

Dès les premiers jours de la révolution polonaise, un grand nombre de patriotes avaient adopté la cocarde tricolore française. Quelque temps avant l'explosion, le prince Lubiecki reçut de

Saint-Pétersbourg une lettre du général Grabowski, ministre-secré-taire d'état, qui, d'après l'ordre de l'empereur, l'informait qu'une armée russe devait traverser le royaume de Pologne, pour aller combattre les révolutionnaires français.

3 Du lion de Warna brisaient la vieille dent.

A la journée d'Iganie, la plus vieille infanterie du corps de Pahlen, qu'on appelait les lions *de Warna*, tint à peine devant les bataillons polonais commandés par Prondzynski : elle lâcha pied à leur approche.

4 S'il quitte sa maison après la fin du jour,
Nul citoyen n'est sûr qu'à l'heure du retour
Il ne trouvera pas, au lieu de sa cassette,
D'un brave serviteur le cadavre, sans tête.

Tout le monde a encore présens à la mémoire les horribles dé-tails qui ont été donnés relativement à l'assassinat commis sur la servante de madame Dupuytren.

5 Démosthène, au foyer avant de prendre place,
Promène autour de lui ses yeux : hier encor
Philippe à son esclave a proposé de l'or.

Personne n'ignore les propositions que la police a faites au domestique de M. Laboissière, dans le but de faire espionner jusque dans sa famille ce député patriote

FIN.

[illegible]

[illegible]

[illegible]

[illegible]

[illegible]